D1129879

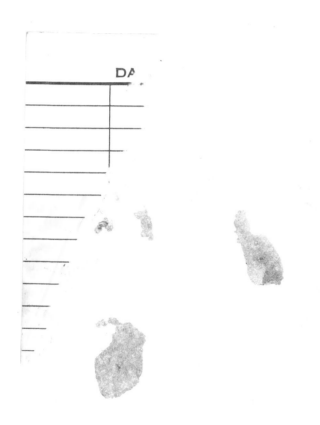

DA

School
La Escuela

by Mary Berendes • illustrated by Kathleen Petelinsek

A note from the Publisher:
In general, nouns and descriptive words in Spanish end in "o" when referring to males, and in "a" when referring to females. The words in this book reflect their corresponding illustrations.

The Child's World®

Published in the United States of America by The Child's World®
1980 Lookout Drive • Mankato, MN 56003-1705
800-599-READ • www.childsworld.com

Acknowledgments
The Child's World®: Mary Berendes, Publishing Director
The Design Lab: Kathleen Petelinsek, Design and Page Production

Language Adviser: Ariel Strichartz

Library of Congress Cataloging-in-Publication Data
Berendes, Mary.
  School = La escuela / by Mary Berendes;
illustrated by Kathleen Petelinsek.
    p. cm. — (Wordbooks = Libros de palabras)
  ISBN 978-1-59296-994-4 (library bound : alk. paper)
  1. Schools—Terminology—Juvenile literature. I. Petelinsek,
Kathleen. II. Title. III. Title: Escuela.
  LB1556.B464 2008
  371.003—dc22   2007046570

school
la escuela

window
la ventana

door
la puerta

flagpole
el asta de
bandera

student
la estudiante

dog
el perro

crossing guard
el guardián de
cruce peatonal

3

school bus
el autobús escolar

seats
los asientos

tire
el neumático

backpack
la mochila

steps
las escaleras

SCHOOL BUS

4

sun
el sol

lights
las luces

stop sign
la señal
de pare

tree
el árbol

SCHOOL BUS

STOP

bus driver
la conductora

road
la calle

5

hallway
el pasillo

lunch bag
la bolsa de almuerzo

locker
el armario particular

Leah

Anna

Timmy

Annika

Grant

students
los estudiantes

lock
la cerradura de
combinación

teacher
la maestra

door
la puerta

Cole

Lane

Grace

class
la clase

7

flag
la bandera

chalkboard
la pizarra

$3 + 3 = 6$

chalk
la tiza

desks
los pupitres

8

$2 + 2 = 4$

globe
el globo
terráqueo

apple
la manzana

floor
el piso

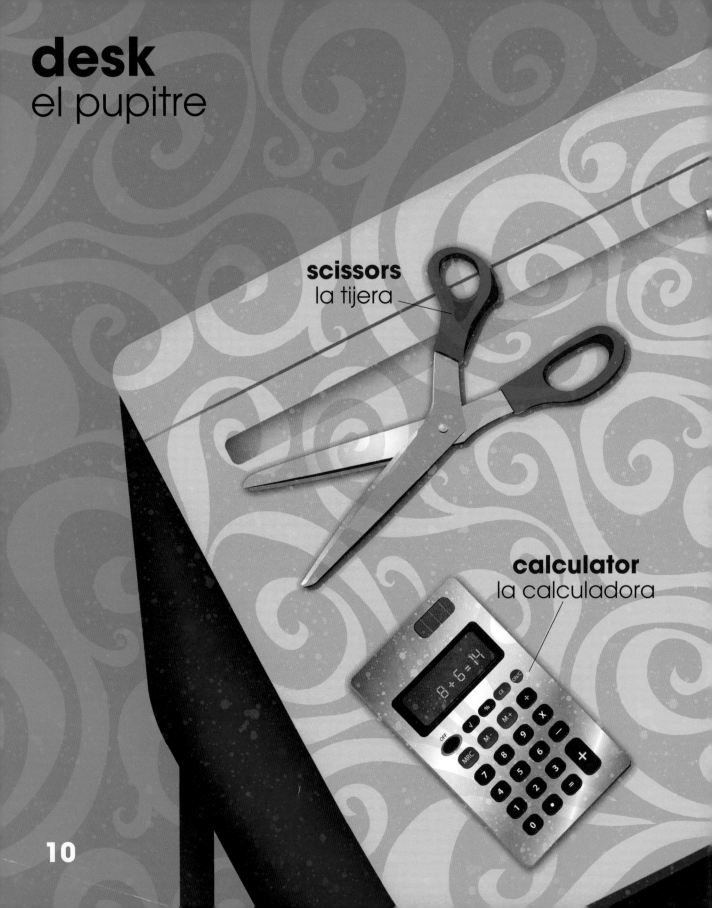

desk
el pupitre

scissors
la tijera

calculator
la calculadora

10

math
las matemáticas

Marie

6 + 7 = 13
6 + 3 = 9
8 + 6 = 14

paper
la hoja de papel

pencil
el lápiz

eraser
la goma

library
la biblioteca

librarian
el bibliotecario

books
los libros

poster
el cartel

computer
la computadora

keyboard
el teclado

shelves
los estantes

13

easel
el caballete

artist
la artista

paint
la pintura

paintbrush
el pincel

14

art room
el aula de arte

paintings
las pinturas

glue
el pegamento

paper
la hoja de papel

crayons
los crayones

stool
el taburete

backboard
el tablero

banner
la pancarta

GO!
CHAMPS!
GO!

basketball
la pelota de
básquetbol

net
la red

court
la cancha

16

gymnasium
el gimnasio

bleachers
las gradas

fans
los fans

cook
la cocinera

food
la comida

salad
la ensalada

tray
la bandeja

cafeteria
la cafetería

light
la luz

fork
el tenedor

chair
la silla

milk
la leche

cookie
la galleta

table
la mesa

19

nurse's office
la enfermería

window
la ventana

thermometer
el termómetro

pillow
la almohada

cot
el catre

blankets
las mantas

20

soap
el jabón

cup
la taza

sink
el lavabo

school nurse
la enfermera
de la escuela

21

playground
el patio de recreo

sun
el sol

butterfly
la mariposa

**monkey
bars**
las barras
trepadoras

grass
la hierba

soccer ball
la pelota
de fútbol

22

sky
el cielo

bird
el pájaro

tree
el árbol

swing
el columpio

dog
el perro

23

word list
lista de palabras

English	Español	English	Español
apple	la manzana	librarian	el bibliotecario
art room	el aula de arte	library	la biblioteca
artist	la artista	lights	las luces
backboard	el tablero	lock	la cerradura de combinación
backpack	la mochila	locker	el armario particular
banner	la pancarta	lunch bag	la bolsa de almuerzo
basketball (ball)	la pelota de básquetbol	math	las matemáticas
bird	el pájaro	milk	la leche
blankets	las mantas	monkey bars	las barras trepadoras
bleachers	las gradas	net	la red
books	los libros	nurse's office	la enfermería
bus driver	la conductora	paint	la pintura
butterfly	la mariposa	paintbrush	el pincel
cafeteria	la cafetería	paintings	las pinturas
calculator	la calculadora	paper (sheet)	la hoja de papel
chair	la silla	pencil	el lápiz
chalk	la tiza	pillow	la almohada
chalkboard	la pizarra	playground	el patio de recreo
class	la clase	poster	el cartel
classroom	el aula	road	la calle
computer	la computadora	salad	la ensalada
cook	la cocinera	school	la escuela
cookie	la galleta	school bus	el autobús escolar
cot	el catre	school nurse	la enfermera de la escuela
court	la cancha	scissors	la tijera
crayons	los crayones	seats	los asientos
crossing guard	el guardián de cruce peatonal	shelves	los estantes
cup	la taza	sink	el lavabo
desk	el pupitre	sky	el cielo
dog	el perro	soap	el jabón
door	la puerta	soccer ball	la pelota de fútbol
easel	el caballete	steps	las escaleras
eraser	la goma	stool	el taburete
fans (people)	los fans	stop sign	la señal de pare
flag	la bandera	students	los estudiantes
flagpole	el asta de bandera	sun	el sol
floor	el piso	swing	el columpio
food	la comida	table	la mesa
fork	el tenedor	teacher	la maestra
globe	el globo terráqueo	thermometer	el termómetro
glue	el pegamento	tire	el neumático
grass	la hierba	tray	la bandeja
gymnasium	el gimnasio	tree	el árbol
hallway	el pasillo	window	la ventana
keyboard	el teclado		